MOYENS

Aussi légitimes que simples et faciles d'assurer une retraite aux Prêtres vieux et infirmes, sans patrimoine, et dont le traitement borné au strict nécessaire, ne leur promet aucune ressource lorsqu'ils sont hors d'état d'exercer leur ministère, et enfin d'accorder aussi aux émigrés des secours, soit relatifs à leurs pressans besoins ou à ce qu'ils ont perdu, et ce en vertu d'une économie légitime, prescrite par la religion et la morale, sur la suppression de l'usure, laquelle monterait en France à environ soixante millions par an, le tout sans grever l'Etat de nouveaux impôts, sans la suppression d'aucun état, emploi, ni réduction d'aucuns traitemens, fussent-ils inutiles et excessifs, sans toucher à ce faste qu'on croit nécessaire à la dignité d'un Etat, serait-il même outré et superflu, et enfin sans cesser de se conformer à la Charte qui garantit la vente des biens nationaux, mais en agissant plutôt conformément à la lettre et à l'esprit de cette Charte même, qui en rendant aux émigrés leurs biens non-vendus et leurs titres, leur donne le juste espoir d'une indemnité, du moment que le Roi et la France seront en état de le faire.

LA résolution de ce qui paraît être ici un problème, dépend de la réponse affirmative ou négative à la question suivante : La France est-elle victime d'une usure quelconque, telle que d'environ 60 millions d'intérêt annuel ?

Mais si M. le Comte de Villèle, en réduisant l'intérêt annuel de 10 pour cent à 8, et les autres proportionnellement, a obtenu 28 millions de réduction sur l'usure, il est censé que nous pouvons bien en obtenir une de 60 millions par an, en opérant une réduction plus juste et plus radicale; alors s'en suivent les conséquences nécessaires suivantes :

1.º Quand il ne serait ni de l'honneur ni de la justice de venir au secours des Prêtres infirmes et des émigrés, ne serait-il pas urgent et moral de soulager la France d'une usure quelconque, ne fût-elle que d'une obole ; à plus forte raison si elle est d'environ 60 millions par an d'excès d'intérêt lég l au-delà de ce qu'elle devrait payer, et de réduire sa dette au capital qui lui a été délivré et qu'elle a réellement reçu ?

Mais s'il est de la justice et de l'honneur de la France de venir au secours des prêtres infirmes et des émigrés et de leurs familles, mendians pour ainsi dire l'aumône à la porte de leurs anciens châteaux, et auxquels on ne peut reprocher que d'être restés fidèles à leur religion et à leur légitime souverain, aux lois et au gouvernement dont ils avaient hérité de leurs pères, et à ce qui, enfin, pendant tant de siècles, avaient fait la gloire et la prospérité de la France, et de n'avoir cherché qu'à prévenir tous les maux incalculables qu'a produit la révolution, et que d'avoir desiré le maintien d'un ordre de choses que la nécessité a forcé même sans eux de rétablir, et cela sous peine de la dissolution de l'ordre social, non-seulement en France mais sur toute la terre.

Alors quel plus digne usage peut-on faire d'une si sage économie et réduction que de l'usure, afin de l'employer à leur profit, plutôt que de continuer d'engorger les ennemis et les sangsues de l'état et de leur propre patrie ? Il faut répondre également par un oui ou par un non à ces deux conséquence : or, l'usure exercée contre la France est d'environ 60 millions, comme nous nous engageons à le démontrer un peu plus loin par les seuls documens qui nous ont été fournis par les discours des Ministres dans les Chambres, et le rapport des journaux.

Mais pour que l'usure ne puisse nier son existence et pouvoir l'attaquer avec succès jusque dans ses derniers retranchemens, il faut exactement la définir et la faire connaître dans ce qu'elle offre d'odieux, et la combattre dans ses plus adroits subterfuges, et cela par de solides principes, autrement ce serait bâtir sur le sable mouvant ; et c'est je crois ce que nous avons déja fait, d'une manière qui ne laisse rien à desirer, dans nos réflexions et ce que nous y avons ajouté sur la réduction de l'intérêt, proposée aux Chambres par le Ministre des Finances ; réflexions auxquelles il ne nous reste ici que d'ajouter quelques développemens, pour les lier au nouveau sujet auquel nous en faisons l'application.

Nos bons aïeux ne connaissaient qu'un seul genre d'usure, l'excès de l'intérêt légal, contre laquelle leur religion et leur honnêteté parfaitement d'accord, ont sévi, mais nous devons aux progrès des lumières, qui ont occasionné celui de la perversité, un nouveau genre d'usure qu'on voudrait introduire pour l'accumuler au premier, et qui se trouve tellement odieux en lui-même, qu'à peine d'après les définitions les plus exactes peut-il être compris par les ames honnêtes, à moins qu'on ne les appuie par des exemples sensibles, ce dont il convient de donner une analyse précise et détaillée.

C'est-à-dire que dans un contrat de constitution portant simplement rente perpétuelle, et dont le capital ne serait pas énoncé, ni exigible, et dont l'intérêt, serait absolument illégal par rapport au capital délivré, certaines personnes prétendent que ce rachat doit être fixé d'après l'intérêt usuraire exigé, comme s'il eût été vraiment légal dans l'origine.

Par exemple : supposons que moyennant 50 fr. de capital on ait créée dans le tems où l'intérêt était à 5 pour 100 une rente annuelle et perpétuelle de 5 fr., les créanciers de l'Etat osent prétendre à un remboursement de 100 fr. et plus, c'est-à-dire, au double du capital délivré, malgré l'excès de l'intérêt à 10 pour 100 qu'ils auraient reçu, et c'est ce qu'ils nomment rembourser au pair ; et ils osent traiter d'infâme banqueroutiers ceux qui se crisperaient d'horreur contre cette double et abominable usure.

Maintenant, après avoir fait connaître ces deux genres d'usure et leur cumulation, passons, par des principes solides, aux moyens de les vaincre jusque dans leurs derniers retranchemens et détours astucieux par lesquels elles espèrent échapper, en s'appuyant des principes suivans.

Quand un débiteur constitue une rente perpétuelle

dont le capital ne peut être exigible qu'à un taux légal, peut-il la racheter à son gré, tandis que son créancier n'en peut exiger le remboursement ? Non, honnêtement ni en conscience; parce que nonobstant toutes lois et usages qui l'autoriseraient, cette convention, quoique librement contractée, serait injuste faute de réciprocité; et qu'elle mettrait le créancier, sans qu'il puisse l'éviter, à la merci absolue du débiteur qui n'exercerait cette faculté exclusive qu'au préjudice du créancier que quand il lui plairait et uniquement à son propre profit, c'est-à-dire, que lorsque la surabondance accidentelle et non prévue du numéraire en aurait opéré la dépréciation; non-seulement le créancier dans ce cas devient victime pour n'avoir pas placé dans l'origine son capital dans des biens fonds d'une valeur moins variable, mais en outre parce que lorsqu'il a vu arriver la surabondance et la dépréciation du numéraire, il n'a pu retirer son capital pour l'employer en acquisition de biens fonds devenus alors de plus grande valeur, tandis que l'autre a attendu cette plus grande dépréciation pour le rembourser; de sorte que dans tel cas, il est injuste et odieux de lui rendre son capital, et de lui occasionner une perte dont le débiteur profite entièrement; dans un tel cas, dis-je, Cicéron et tout honnête homme et nos plus profonds casuistes se seraient sans doute forcément soumis à une telle loi à titre de créanciers, mais ils se seraient bien gardés d'en faire usage à leur profit comme débiteurs.

Il n'y a donc d'exactement juste et légitime que les contrats à constitution absolue, c'est-à-dire, que les conventions où il règne une parfaite réciprocité, et où, lorsqu'on ne peut exiger de remboursement, on ne peut être astreint à le recevoir, et que le prêt à terme fixe et court, et où l'on est à telle époque forcé de se libérer et réciproquement de recevoir; derniers prêts plus favorables aux commerçans et à la prospérité des Etats; et c'est ce que nous avons déja insinué dans nos réflexions et suites à ces réflexions sur la réduction de l'intérêt, proposé aux Chambres ; en censurant tout à la fois la doctrine de certains casuistes trop relâchés lorsqu'ils croient pouvoir permettre de s'écarter de l'intérêt légal ; ce qui ne peut être dans aucun cas, ni le commerce même, ou seulement des associations portant mises gain et perte réciproquement pouvaient être permises ; de sorte que pour plus grands éclaircissemens on peut recourir à ces deux petits ouvrages, dont celui-ci n'est qu'une conséquence.

Mais les principes que nous venons de poser cessent d'être applicables à tous contrats usuraires et en vertu duquel le débiteur se trouve forcé par le fait du créancier à le rembourser, si ce débiteur ne veut pas occasionner sa ruine par l'effet d'un intérêt illégal ; car alors le débiteur peut offrir à son créancier de le rembourser de ce qu'il a reçu de lui, s'il ne veut pas accepter une réduction d'intérêts, telle qu'il lui plaira de lui offrir ou telle qu'il pourrait se la procurer en empruntant ailleurs, et c'est ce qu'a fait M. le Comte de Villèle, mais peut être avec trop de ménagement, en offrant encore 8 pour 100 d'intérêt à celui à qui on en payait 10, et d'accroître son capital du double ; de sorte que pour éviter d'appeler les choses par leur nom, il n'a que trop favorisé l'usure, qui au lieu de lui savoir gré de cette condescendance et des avantages qu'on lui faisait, ne s'en est servi que pour crier à l'injustice et taxer son opération de banqueroute. Effectivement, les créanciers de l'État auraient eu droit, d'après ces principes, de se plaindre de la réduction de leurs intérêts et de leur remboursement forcé, si leurs créances n'avaient pas été usuraires ; mais l'exposition de ces principes et du cas où ils cessent d'être applicable, sape les derniers retranchemens derrière lesquels l'usure cherche à s'abriter, et la montre dans son horrible nudité.

Maintenant il est question de savoir si ceux qui achètent des titres usuraires pour en profiter, et dans l'intention de les porter à un plus haut prix que celui auquel ils les ont achetés, et que pour en tirer du Gouvernement plus que ce qu'il n'a réellement reçu et un intérêt illégal, ne sont pas complices de cette

double usure , pire que s'ils en étaient les premiers auteurs , et s'ils ne méritent pas d'être traités de même
comme étant entièrement entrés dans leurs droits, et
avoir participé à leur crime , et c'est ce qui je crois
ne peut être susceptible de plus amples discussions ,
comme étant par soi - même incontestables , vu le
proverbe qui dit que s'il n'existait aucun recéleur il
y aurait moins de voleurs.

Maintenant quelles sont les lois contre l'usure ?
Elles portent peine afflictive et infâmante , amende ,
et en outre restitution de l'excès de l'intérêt légal
perçu par le créancier usuraire au profit du débiteur , et ce en déduction du capital qu'il doit. Or,
ces lois sont-elles rapportées parce que , vu le besoin
urgent où se trouvait la France, le Roi et les deux
Chambres auraient autorisés les Ministres à faire des
emprunts aux meilleures conditions possibles ? Non,
ce besoin d'un particulier ou d'un Gouvernement
ne peut excuser la cupide malhonnêteté du prêteur
qui en abuse , et ces lois contre l'usure ne peuvent
être abrogées que par une autre loi spécialement
créée *ad hoc* absolument générale , qui déterminerait
par des motifs d'équité un nouvel intérêt légal plus
élevé , encore subsisteraient-elles pour tout ce qui
serait dans le cas de le surpasser , ou que par une
loi qui donnerait à un créancier la faculté d'imposer
telle condition il lui plairait à son débiteur.

Or, s'il est des attributions du Roi de faire exécuter les lois dans toute leur rigueur , comme de
remettre toutes peines infâmantes et amendes ,
cependant il ne peut dispenser de la restitution de
l'excès de l'intérêt légal sans le consentement du
débiteur ; et c'est le seul motif pour lequel il soit
dans le cas de prendre pour ce qui les regarde l'ac-
quiescement des deux Chambres , comme se représentant elles-mêmes ainsi que leurs co-éligibles , avec
lesquels elles ont des intérêts communs (*).

____

(*) Il n'est pas recevable qu'on puisse représenter réellement et
parfaitement ceux qui ne peuvent entrer dans ces deux Chambres
lorsqu'ils sont censés n'avoir pas des intérêts absolument com-

D'après les principes incontestables posés ci-dessus, le Roi n'a besoin de l'assentiment des deux Chambres que pour proposer une loi d'urgente nécessité au salut de l'Etat, et qui ait plutôt un caractère de grace que de rigoureuse justice et de sévérité.

De sorte que si elles n'y acquiesçaient pas ; le Roi

---

muns et même en avoir de diamétralement opposés ; et si les simples électeurs, qui, par les intérêts opposés aux éligibles, ne peuvent entrer dans la Chambre des Députés, ne peuvent par cette raison être parfaitement représentés par eux, à plus forte raison, la masse du peuple, qui ne concourt en quoi que ce soit à l'élection des Députés, n'a-t-elle de vrai et de naturel représentant que le Roi, en sa qualité de père et de tuteur né ; c'est-à-dire que si le Roi, resté tuteur né de ses enfans qu'il a laissé en pleine minorité, vu que sur-tout par leur masse ils ne peuvent être consultés, peut bien, par des raisons de politique, remettre pour eux l'excès de l'intérêt légal reçu à leur préjudice, et imposer aux créanciers usuraires de l'Etat telles nouvelles conditions convenables ; que c'est ce qu'il ne peut faire sans le concours des deux Chambres et le consentement des deux classes de ses enfans émancipés à différens degrés, pour ce qui les concerne, puisqu'il violerait le droit qu'il leur a accordé de veiller à leurs propres intérêts, d'autant plus que dans un tel cas ils peuvent être consultés. Tel me paraît être l'esprit et la lettre de la Charte bien conçue, et interprétée d'une manière conforme aux principes d'équité ; car le Roi en émancipant les deux classes de ses fils aînés n'a pas sûrement prétendu mettre sous leur tutelle ses enfans, la masse du peuple resté en pleine minorité, et se priver de ses droits régaliens de père et de tuteur sur le reste de la nation, dont il est resté le protecteur né et qu'il représente, afin de pouvoir les protéger contre toute usurpation de leurs frères aînés émancipés ; de sorte qu'il est aussi du salut public et de l'équité qu'il continue à représenter le peuple, pour que, s'il était jaloux des priviléges accordés à ses frères aînés émancipés, il ne puisse leur porter atteinte ainsi qu'à leurs propriétés. Telle est encore une fois je crois la vraie et unique manière d'interpréter la Charte, pour conserver au Roi cette popularité et sa qualité ou attribution d'unique et vrai représentant du peuple, sur laquelle repose essentiellement la souveraineté, et pour qu'on ne puisse dans la suite faire de la monarchie française une pure aristocratie, dont le Landamann ou le Président porterait le vain nom de Roi ; ou ce qui serait le pire de tous, précipiterait dans le manichéisme politique au lieu du mécanisme politique bien ordonné, dont la force du moyen et du petit ressort doivent ajouter à celle du grand ressort, plutôt que de se paralyser réciproquement et que de produire l'anarchie. Nous aurions pu, je l'avoue, ne pas rattacher cette discussion aussi complettement au sujet dont il est question ; mais il pesait sur notre cœur de saisir une occasion d'exprimer des vérités si importantes et qui se lient inséparablement entr'elles et à notre sujet sans trop nous en écarter.

continuerait d'avoir le droit de faire exécuter les lois contre l'usure dans toute leur rigueur, et qu'il serait même du devoir des Ministres de le faire.

Et cette loi, contenue dans un seul article, peut être conçue dans les termes suivans :

ARTICLE UNIQUE.

» Le capital de la dette publique, tant en général qu'en particulier, est fixé à ce qui a été délivré par les créanciers de l'Etat au Gouvernement, et à ce qu'il a vraiment reçu d'eux ; tout intérêt illégal, portant plus de 5 pour 100, est réduit dorénavant à 4 pour 100, sans restitution de l'intérêt illégal sur le capital ; si mieux n'aiment certains créanciers être remboursés, ce qui aura lieu le plutôt possible ; mais dans ce cas il leur sera déduit sur le capital tout l'excès de l'intérêt légal que le Gouvernement aura jusqu'ici payé, bien entendu sans qu'il soit besoin de l'expliquer. Ne sont point compris dans cette loi ceux qui sont devenus forcément créanciers de l'Etat par la perte des deux tiers de leur fortune, et qui ne tirent que 5 pour 100 d'intérêts, et qui par cette raison ne seront pas admis à être remboursés. Quant aux autres créanciers de l'Etat, qui ne le sont devenus que pour avoir été admis à fonder des institutions monarchiques, telles que duchés-pairies et majorats, leur capital est également fixé à ce qu'ils ont vraiment délivré au Gouvernement, et leur intérêt annuel au taux légal de 5 pour 100, et il leur sera laissé un tems indéfini, s'il est nécessaire, pour completter le capital et les revenus qu'exigent ces sortes d'institutions, ou ils en seront dispensés ».

Une telle loi, plutôt de grace que de rigoureuse justice, donne une belle fiche de consolation à ceux qui s'y soumettent, qui est la remise qu'on leur fait de l'excès de l'intérêt légal payé par le Gouvernement, soit à eux ou à leurs auteurs, qui, conformément aux lois, devrait être imputé en déduction sur le capital de ceux qui en sont en possession et devenus propriétaires, faute de pouvoir courir plus loin ; ce qui est d'ailleurs juste, puisqu'ils se sont librement mis en leur lieu et place, par l'espoir d'un intérêt et profit illicite et malhonnête.

Une telle loi doit dispenser nécessairement de tout emprunt, et de traiter à titre onéreux avec des banquiers pour cet objet ; car qui voudrait perdre une grande partie de son capital pour se montrer odieusement usurier incurable contre son propre intérêt ? et s'il s'en trouvait, cela serait heureux pour la France, et il serait aisé de les satisfaire. Cet ordre, que réclame la sagesse et l'équité, étant mis dans les finances, le crédit du Gouvernement s'accroît par cela même qu'il cesse de courir évidemment à sa ruine, et observe la stricte équité ; en cas de nécessité il trouvera toujours à emprunter à un ou un demi pour 100 de moins que tout particulier, même en première hypothèque ; car moins un banquier offre d'intérêt, plus on doit présumer avantageusement de ses ressources et de ses facultés. Cependant par cette loi, la réduction de l'intérêt à 4 pour 100 ne portant que sur l'usure, et l'intérêt légal étant toujours maintenu à 5 pour 100, cela ne change rien à toutes conventions entre particuliers ; et s'il arrive que l'abondance du numéraire fasse baisser l'intérêt entre particuliers, cela ne peut être reproché au Gouvernement.

Voyons maintenant si cette loi, de la plus grande équité, commandée par la politique, la morale et la religion, est effectivement dans le cas de procurer environ 60 millions d'économie au Gouvernement, dont d'ailleurs il pourra faire l'emploi le plus convenable qu'il jugera à propos.

Le Gouvernement a ouvert trois emprunts, aux plus offrans et derniers enchérisseurs, qui ont été fermés, l'un à 10, l'autre à 7 et le troisième à 6 pour 100 ; prenant pour élémens proportionnels 50 fr. dans chaque emprunt pour être comparés à leur propre tout, cela donne 150 fr. pour lesquels il paye d'intérêt annuel 5 plus 3 et demi plus 3 en tout 11 et demi, au lieu de 7 et demi d'intérêt légal qu'il devrait seulement payer. Or, en réduisant chacun de ces intérêts illégaux, à 4 pour 100, comme le Gouvernement en a le droit, ainsi que nous avons commencé par le démontrer, ces 150 f. ne donneraient que 6 pour 100 d'intérêt annuel au lieu de 11 et demi, ce qui fait presque la moitié de réduction sur l'intérêt qu'on paye. Mais agissons plus mathématiquement ; les Ministres ont supposé que les tiers consolidés, que nous avons respecté, montaient à moins de 5 millions, si on ne respectait que ceux qui sont encore entre les mains des créanciers primitifs ou de leurs héritiers, et qui ne sont pas devenus la proie de l'agiotage.

D'après cela la dette usuraire ou d'agiotage se monterait à environ 135 millions par an ; c'est pourquoi nous dirons : 11 et demi sont à 6,, ou ce qui revient au même, 23 : 12 :: 135,000,000, sont à 70. 434,782 fr. quatorze vingt-troisième, qui déduits de 135 millions, donnent 64,565,219 fr. neuf trente-troisième d'économie d'intérêts annuels de réduction.

Ici, faute de documens, nous avons dû supposer ces trois emprunts égaux ; mais si par évènement, le premier fait à 10 pour 100 égalait en somme les deux autres, combien n'en résulterait-il pas encore plus d'avantage pour l'Etat.

Or, par ce calcul nous sommes arrivés à presque 5 millions de plus que nous n'avions fait espérer ; mais il faut oberver que l'intérêt accordé aux duchés-pairies et majorats, serait dans le cas de réduire une partie de ce bénéfice, qui, d'ailleurs ne peut être que purement approximatif, faute de documens nécessaires qui ne peuvent être puisés que par la possession du grand livre, dont on nous a fait connaître seulement en passant quelques pages, mais suffisantes cependant pour donner à notre calcul assez de probabilité et d'approximation vers la rigoureuse exactitude.

D'après ce que nous venons d'exposer, combien ne devraient pas rougir eux-mêmes ceux qui ont osé avancer que les prêtres infirmes et les émigrés auraient à rougir qu'une si légitime et si sage économie s'opère en leur faveur ; mais les révolutionnaires masqués ne se contractent en tous sens que pour leur inspirer une délicatesse déplacée, et ne négligent aucun moyen d'arriver à leurs fins ; car ils sentent très-bien que si on néglige la circonstance qui se présente, qu'alors tous autres moyens de venir au secours de ces innocentes victimes deviendraient encore plus difficiles si ce n'est impossibles, puisque cela ne pourrait se faire d'une manière équitable que par des moyens très-compliqués, qui exigeraient une interprétation de la Charte, pour ne pas y déroger, ce que nous allons examiner en détail et article par article.

1.º Car si par abus et confusion on peut nommer biens nationaux ceux des émigrés, alors le maintien et la garantie que la Charte fait de leur vente, sous-entend nécessairement que ce serait à condition qu'elle serait un jour légitimée par des indemnités, et enfin par un moyen tout autre que par un simple rescrit, des paroles ou une loi, laquelle, en sous-entendant cette indemnité, ne fait que rappeler l'injustice et l'invalidité de ces ventes, et que de déposer contr'elles ; et tous ceux qui voudraient l'entendre autrement, pécheraient comme en justice par un excès de précaution, et parce que sentant le vice de leur possession, voudraient abuser d'une telle loi, qui ne peut devenir juste que par la restitution ou une indemnité.

2.º Alors, ira-t-on dépouiller le pauvre de la campagne de la petite portion de biens communaux si nécessaires à son existence ; l'humanité et la justice se révoltent à cette idée.

3.º Ira-t-on rétablir les dîmes, par les motifs que le décret qui les supprime porte que les inféodées seront rachetables au profit des laïques, et que malgré cela elles sont en général devenues un don gratuit fait au préjudice de leurs légitimes possesseurs laïques et du clergé.

4.º Ira-t-on donner aux émigrés toutes les forêts de l'État, qui, dans leur pressant besoin pour vivre, auraient bientôt mis une chose aussi précieuse à blanc et toc au préjudice d'eux-mêmes et de la France entière, à moins qu'on ne les mettent en régie à leur profit.

5.° Ira-t-on créer un impôt léger sur toutes les propriétés en général, et en outre un double impôt sur tous les biens nationaux, par la raison, pour le premier impôt, qu'on a fait un dégrèvement gratuit de la dime à toutes les propriétés qui y étaient assujetties, et parce qu'en outre la nation et les propriétés en général ont profité de la vente des biens des émigrés, laquelle a tenu lieu d'impôts excessifs, d'emprunts forcés et de réquisitions de toutes espèces ; tandis que pour ce qui est relatif au double impôt portant uniquement sur les biens nationaux, on alléguerait, pour en justifier l'existence, qu'ils ont été vendus à vil prix et avec dol, et que même aujourd'hui ils ne sont pas encore portés à leur valeur, et qu'enfin ils n'ont pas été légitimes possesseurs dans l'origine ni même depuis.

Or, tous ces différens moyens qui ne sont que des mézos terminés entre l'iniquité de ne rendre aux émigrés que le peu de leurs biens qui par hazard et l'effet du bonheur n'auraient pas été vendus, et la justice rigoureuse de leur rendre leurs biens en nature, sauf à porter sur le grand livre de la dette publique les possesseurs de ces biens nationaux pour le prix qu'ils les ont acquis, à moins d'arrangemens amiables avec les anciens propriétaires, qui auraient le choix de prendre la place des possesseurs actuels pour y être portés ; ce qui alors légitimerait complettement ces acquisitions. Mais encore une fois, ces différens moyens doivent-ils être préférés à la réduction de l'usure et de l'emploi de la caisse d'amortissement au profit des émigrés ? Non, sans doute ; et il y a lieu de croire qu'Aratus de Sicyone et Cicéron, tant par des motifs d'équité que d'une sage politique, eussent été d'un tout autre avis ; car c'est bien alors qu'on verrait ces révolutionnaires masqués s'élever encore avec plus de force et de moyens contre le telles mesures

que celles dont nous avons fait sentir la justice et
montré les inconvéniens ; parce qu'ennemis nés des
émigrés, du clergé, des Bourbons, de la religion et de
toute légitimité, ils ne peuvent leur pardonner tout
le mal qu'eux ou leurs pères leur ont fait et que même
ils n'ont pu leur faire ; de sorte qu'après s'être
emparés de tous les biens de ces innocentes victimes,
et depuis dix ans jusque des plus petites places qui
auraient pu les indemniser, ils n'ont d'autre but que
d'étouffer tous les sentimens généreux de justice et de
moralité qui commencent à renaître dans l'esprit public
et chez les français rendus à leur caractère naturel,
et que de poursuivre la mémoire d'un Prince malheureux et des Bourbons jusque dans la tombe, en
les entachant s'il leur était possible, après tant de
calamités, d'être resté indifférent sur le sort des
victimes de leur fidélité envers leur religion et leur
Roi ; mais la charte est là, et le Roi l'a dit avant
de mourir, qu'il voulait fermer les dernières plaies
de la révolution ; et ce qui est fort au-dessus, c'est
que la Providence, après s'être servi de la verge des
méchans pour châtier les fautes des bons, met un
certain terme aux triomphes de la perversité par les
lois qu'elle a donné à la nature, de sorte qu'en cas
d'insuffisance de ces lois, elle puni et récompense
d'une manière digne d'elle dans un autre vie.

D'ailleurs, Dieu a voulu que tout être intelligent
sente plus ou moins tout l'inconvénient d'aban-
donner ses fidèles amis pour se mettre à la merci
de ses plus cruels ennemis ; instinct que même il
a donné à la brute. Ce qui ne peut manquer de
conduire un sage Monarque, tant pour son propre
intérêt que celui de ses peuples, à chercher enfin
à s'entourer autant que possible de Ministres aussi
éclairés que vertueux ; de sorte qu'il faut espérer
que pour le bonheur de la France, l'intérêt de la
religion et la gloire de ses Rois présens et futurs, les
projets de leurs ennemis communs et de toute légitimité ne seront pas couronnés d'un plein succès, et
que si toutefois le mal qu'ils ont fait ne peut être
entièrement réparé, et les plaies de la révolution

entièrement fermées, elles seront du moins adoucies.

Mais si on n'indemnisait pas complettement les émigrés, dépouillés depuis trente ans environ de leurs biens vendus à vil prix, par la masse tout à la fois mise en vente, et le petit nombre d'acquéreurs, qui n'achetaient qu'avec crainte et répugnance, et en outre de leurs revenus, vu qu'ils ont été soumis depuis cette époque aux plus dures épreuves, pourrait-on honnétement et consciencieusement continuer à leur rendre des dettes quelconques, dont l'Etat, en prenant leurs biens, s'est mainte fois si authentiquement et si ostensiblement chargé. Non, il faut l'espérer; car il n'y avait qu'un Bonaparte qui, trois mois après une amnistie, qui n'en parlait pas et ne laissait pas lieu de le soupçonner par le peu qu'il offrait de leur rendre; il n'y avait, dis-je, qu'un Bonaparte qui ait pu être capable de faire une loi rétroactive et dérogatoire à cette amnistie, sous le titre de loi en faveur des créanciers des émigrés, et qui n'étaient pas moins funeste aux uns qu'aux autres, puisqu'elle n'avait pour but réel que de débarrasser l'Etat d'une dette légitime, et que d'engager des hommes immoraux à courir sur des malheureux pour les dépouiller encore une fois avec plus de douleur du peu qui venait de leur être rendu; cependant cette loi de la plus affreuse iniquité subsiste encore, et pèse sur les malheureux émigrés. La première chose comme le plus grand acte de justice, à moins qu'on ne les indemnise complettement du fonds et des revenus, serait de rapporter cette loi comme étant d'une atrocité sans exemple dans les fastes de l'univers.

Espérons donc que le Roi et les deux Chambres, émus des plus justes et des plus nobles sentimens, et que de vertueux Ministres travailleront autant que possible à une restauration qui ne sera pas d'un vain nom, et qu'ils feront disparaitre non-seulement toutes lois révolutionnaires, mais plus que révolutionnaires; et c'est alors que le Roi surpassera autant par sa sagesse et sa gloire Aratus, dont Cicéron disait : *O grand Homme, que n'était-tu Romain!*

(15)

Espérons que les Ministres se montreront plus grands hommes d'Etat, que les Sully et les Colbert, et encore plus dignes de mériter la reconnaissance de la génération actuelle et un souvenir honorable de la postérité ; vu qu'ils se sont trouvés dans des situations plus difficiles telles que nous venons de citer ; c'est-à-dire, la France presque sans religion et démoralisée, gémissant sous le poids de l'usure, ayant été épuisée de toutes manières, les impôts poussés au plus haut degré et n'offrant presqu' aucune ressource, et que cependant ils auraient malgré cela trouvé les moyens d'opérer un grand acte de justice, et satisferaient autant que possible à une dette aussi sacrée que légitime.

P. S. Ce petit ouvrage peut être considéré comme une seconde suite donnée à nos réflexions sur la réduction de l'intérêt illégal de la dette publique et la fixation de son capital à ce que le Gouvernement a réellement reçu, dans lesquelles nous n'avons examiné les choses que d'après ce que dictaient la religion, l'équité, l'intérêt du Gouvernement et des contribuables, sans oser porter nos vues plus loin. Mais comme du mal résulte naturellement le mal, et du bien un plus grand bien encore, et que le Roi a manifesté le desir de fermer les dernières plaies de la révolution, que les Conseils de départemens et la Chambre des députés ont montré le desir ardent de seconder ce vœu, et puisqu'enfin le Gouvernement s'est réellement occupé de souder ses plaies, et de venir au secours des prêtres infirmes, ainsi que d'indemniser les émigrés, alors nous avons cru qu'il était de notre devoir d'ouvrir les yeux sur les moyens de faciliter un acte qui, de la part du Monarque, n'intéresse pas moins sa justice, et sa gloire que celle de la nation rendue aux plus nobles sentimens.

DE LA CENSURE.

Pour crier contre la censure, il ne faudrait pas commencer par se rendre soi-même censeur aussi impitoyable qu'inconsidéré du ministère et des actes du Gouvernement. Comment exiger que des Ministres, absorbés entièrement dans les soins qu'ils donnent aux affaires de l'Etat, soient dans le cas de répondre à une foule de journaux de partis, qui abusent de l'art de dénaturer les meilleures choses, pour en faire la critique la plus virulente, et semer rapidement le levain du poison dans l'esprit public. Approuver de telles choses, c'est vouloir tout à la fois compromettre la dignité du Gouvernement et entraver les opérations du ministère : c'est même beaucoup trop en pareil cas que de ne pas soumettre à la censure mille petits pamphlets, quoiqu'ils ne fussent pas de la même conséquence. Que signifie, dans un Gouvernement représentatif, cette prétention des journaux d'exercer la dictature et de vouloir tout soumettre à leur opinion particulière, sous prétexte qu'elle est l'opinion publique. Si le public était susceptible d'avoir vraiment une opinion et de l'exprimer, il agirait par lui-même, comme dans les démocraties, le gouvernement représentatif ne serait pas nécessaire? N'est-ce pas au Roi et aux deux Chambres auxquels seuls il convient de déterminer et de fixer l'opinion publique? Veut-on donc créer un deuxième gouvernement anarchique fondé sur la diversité des opinions, au sein de la monarchie et du gouvernement représentatif, pour lui imposer des lois? Quelle cacafonie politique! La question se réduit donc à savoir si ce sont le Roi ou les deux Chambres qui gouvernent, ou si ce sont les journaux et les folliculaires publics qui exercent la dictature. Comment des personnes qui prétendent à la réputation de gens d'esprit et de mérite, osent-ils émettre de pareils paradoxe? Dieu préserve nos Ministres d'une telle pensée, car ils seraient aussi opposés à la monarchie représentative, que le fanatisme et la superstition le sont à la vraie religion. Ainsi dispenser les journaux de la censure ne peut être propre qu'à éprouver leurs sentimens. Dieu veuille qu'on ne soit pas promptement forcé de la rétablir.

Nous avons vu que sous le despotisme de Bonaparte, la liberté indéfinie de la presse sans censure, mais accompagnée de restriction de l'abus qu'on en pouvait faire, n'était que sa destruction absolue, et qu'un moyen de trouver des coupables au gré de son gouvernement. C'est-à-dire que la liberté de la presse ne peut vraiment exister que sous l'égide d'une censure qui préserve un auteur, un imprimeur bien pensant, contre toute persécution qu'on voudrait exercer contre eux quand ils ont obtenu son assentiment.

Donc dans un état où on veut qu'il existe véritablement une liberté honnête et légitime de la presse, il doit exister dans chaque département une censure à laquelle un auteur puisse, s'il le juge à propos, se soumettre et profiter de ses avis et conseils, sans pour cela être obligé d'y adhérer; et s'il les néglige ou les méprise ces avis c'est son affaire; et alors s'il s'est vraiment rendu coupable selon les lois de repression, c'est aux tribunaux d'en juger, et ils sont par le fait même de l'auteur et de l'imprimeur, dispensés d'examiner la question intentionnelle, dans le cas où il serait coupable. L'homme honnête chérira et recherchera à coup-sûr cette censure plutôt que de s'exposer. Mais la rapidité avec laquelle les journaux pourraient empoisonner l'opinion publique, exige qu'ils ne puissent paraître sans avoir été censurés et émondés de tout ce qui serait contraire aux lois et de mettre un frein à leur égard à l'abus qu'ils pourraient faire de la liberté de la presse.

Ce n'est qu'à ces conditions qu'on peut jouir dans un Etat d'une juste et honnête liberté de la presse. Que de sottes discussions sur cette liberté! que d'inconvéniens et de maux ont eu lieu depuis, et qu'on se serait épargnés si on avait voulu reconnaître cette vérité!

Les journaux devraient être bornés à rapporter fidèlement les actes du Gouvernement, sans aucune réflexion; les événemens qui ont lieu soit dans l'intérieur ou à l'étranger; annoncer simplement la liste des livres nouveaux, sans aucune réflexion, car ils porteraient, selon leurs vues, un auteur dans les nues, ou le traîneraient dans la boue; sans quoi ils exerceraient une dictature plus nuisible qu'avantageuse, sur l'opinion publique, par suite de leur opinion particulière.

METZ. — IMPRIMERIE DE PIERRET.

9 782329 172415